Panique au cirque !

ÉLAGUÉ

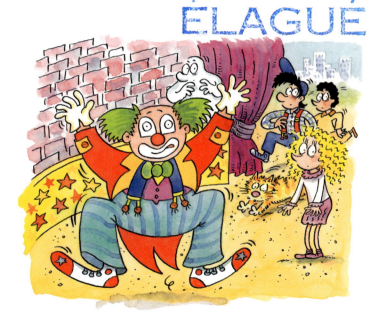

Mymi Doinet • Mérel

Rachid le timide

Mélanie la chipie

Pacha le chat

Pascale la géniale

Arthur le gros dur

Es-tu prêt pour une nouvelle aventure ? Eh bien, commençons !

Ah, j'y pense ! les mots suivis d'un ☼ sont expliqués à la fin de l'histoire.

Que se passe-t-il ce matin
sur la place du marché ?
Le cirque Pirouette s'installe !
Gafi et tous ses amis
se précipitent vers le chapiteau.

Panique au cirque !

Sous le chapiteau, Bob le clown s'écrie :
– C'est la catastrophe !

Le dompteur a la grippe. Il ne pourra pas présenter ses superbes lions. Il n'y aura pas de spectacle !

Panique au cirque !

Gafi et ses amis suivent Bob
dans sa caravane.
Face à son miroir, Bob rouspète :
– Il faut vite trouver un autre numéro
pour ce soir !

Qui va remplacer
le dompteur ?

Panique au cirque !

Arthur dit :
– Pas de panique, Bob ! Je vais remplacer le dompteur dans la cage aux lions. Je n'ai même pas peur de ces grosses peluches !

Panique au cirque !

Mélanie répond à Arthur :
- C'est impossible, les lions vont te dévorer comme une belle côtelette !

Panique au cirque !

Soudain, Pascale a une idée :
– Et si je fabriquais des déguisements de lions ?

Gafi rugit :
– Oui, on va montrer les dents
et sortir nos griffes !

Panique au cirque !

Bob est très en colère :
– Non, pas question !
Le cirque Pirouette doit présenter
de vrais lions venus d'Afrique !

Panique au cirque !

Rachid dit timidement :
– Pacha pourrait prendre la place du lion...

Gafi souffle sur les poils de Pacha. Aussitôt, le chat devient gros comme un lionceau !

Panique au cirque !

Bob s'écrie :

– Formidable, faisons répéter ce bébé lion !

Pacha bondit sur dix tabourets alignés en file indienne.

Quel acrobate !

Panique au cirque !

Pacha doit maintenant sauter
à travers un cercle en flammes.

Il tremble :
– Oh là là ! Je vais finir comme un poulet rôti...

Panique au cirque !

Gafi lance Pacha juste au milieu du cercle.
Ouf ! Le chat n'a pas brûlé ses moustaches. Il ronronne :
– Miaou, merci Gafi.

Pacha va-t-il réussir
son numéro,
le soir du spectacle ?

Panique au cirque !

C'est le grand soir, le spectacle commence !
Les spectateurs applaudissent.

Bob encourage son drôle de lionceau :
– Bravo Pacha, tu es la vedette ce soir !

Panique au cirque !

Après cette folle journée, Bob a mal à la tête. À son tour, le clown a la grippe.
C'est la catastrophe ! Qui remplacera Bob le clown sur la piste demain soir ?

c'est fini !

Certains mots sont peut-être difficiles à comprendre. Je vais t'aider !

chapiteau : c'est une tente géante sous laquelle on regarde un spectacle.

dompteur : le dompteur apprend aux animaux à lui obéir et à faire des choses difficiles.

rugit : Gafi imite le cri du lion.

en file indienne : les uns derrière les autres.

> As-tu aimé mon histoire ? Jouons ensemble, maintenant !

Méli-mélo !

Parmi toutes ces images, quelle est celle qui ne fait pas partie de l'histoire ?

Réponse : l'image de l'avion et du train.

Puzzle !

**Lis les bouts de puzzle dans le bon ordre.
Tu formeras la réponse à chaque question !**

1. Avec quoi le clown lace-t-il ses chaussures ?

attache — des — avec — les — ficelles. — Il

2. Où le dompteur habite-t-il ?

caravane. — vit — dans — une — Il

3. À la naissance, à qui les lionceaux ressemblent-ils ?

On — chatons. — des — gros — dirait

Réponse : 1. Il les attache avec des ficelles. 2. Il vit dans une caravane. 3. On dirait des gros chatons.

Joue avec Gafi

Jonglerie !

**Ces deux jongleuses sont jumelles !
Assemble comme il faut les lettres écrites
sur les balles multicolores.
Tu trouveras le prénom de chacune d'elle.**

Réponse : Les jumelles s'appellent MANON et JULIETTE.

cache-cache !

Le magicien est embêté.
Il a égaré ses affaires
pour son tour de magie.
Peux-tu l'aider à les retrouver ?

Dans la même collection
Illustrée par Mérel

Je commence à lire

1- *Qui a fait le coup ?* Didier Jean et Zad
2- *Quelle nuit !* Didier Lévy
3- *Une sorcière dans la boutique*, Mymi Doinet
4- *Drôle de marché !* Ann Rocard

Je lis

5- *Gafi a disparu*, Didier Lévy
6- *Panique au cirque !* Mymi Doinet
7- *Une séance de cinéma animée*, Ann Rocard
8- *Un sacré charivari*, Didier Jean et Zad

Directeur de collection et conseil pédagogique :
Alain Bentolila

© Éditions Nathan (Paris-France), 2004
Conforme à la loi n°49956 du 16 juillet 1949
sur les publications destinées à la jeunesse
ISBN 209250410-X
N° éditeur : 10113675 - Dépôt légal : août 2004
imprimé en Italie par STIGE